Hermann Mendel, Albert Lortzing

Der Waffenschmied: komische Oper in 3 Akten

Antigonos

Hermann Mendel, Albert Lortzing

Der Waffenschmied: komische Oper in 3 Akten

Unveränderter Nachdruck der Originalausgabe von 1871.

1. Auflage 2024 | ISBN: 978-3-38643-314-3

Antigonos Verlag ist ein Imprint der Outlook Verlagsgesellschaft mbH.

Verlag: Outlook Verlag GmbH, Zeilweg 44, 60439 Frankfurt, Deutschland
Vertretungsberechtigt: E. Roepke, Zeilweg 44, 60439 Frankfurt, Deutschland
Druck: Libri Plureos GmbH, Friedensallee 273, 22763 Hamburg, Deutschland

Der
Waffenschmied.

Komische Oper in 3 Akten.

Musik von Albert Lortzing,

geboren den 23. October 1803 zu Berlin, gestorben ebendaselbst am 21. Januar 1851.

Neu revidirter
Text der Gesänge mit Angabe des Inhalts der Oper
und einer Einführung in dieselbe
von
Hermann Mendel.

Einzig rechtmäßige Originalausgabe.

Berlin.
S. Mode's Verlag.
(Gustav Mode.)

Personen.

Hans Stadinger, berühmter Waffenschmied und Thier-
arzt. (Baß.)
Marie, seine Tochter. (Sopran.)
Ritter, **Graf von Liebenau**. (Tenor.)
Georg, sein Knappe, (Tenor.)
Ritter **Adelhof** aus Schwaben. (Baß.)
Irmentraut, Marien's Erzieherin. (Mezzosopran.)
Brenner, Gastwirth und Stadinger's Schwager.
Schmiedegesellen.
Bürger und Bürgerinnen.
Ritter, Herolde, Knappen, Pagen 2c.
Volk.

Ort der Handlung: Worms.
Zeit: Im 16. Jahrhundert.

Inhalt der Oper.

Der Ritter, Graf von Liebenau, hat sich in Marie, die einzige Tochter des Waffenschmieds Hans Stabinger, verliebt und wirbt um ihre Gegenliebe unter zweierlei Gestalten: einmal als hochgeborener Graf, um ihre Eitelkeit zu erregen, das andere Mal als Schmiedegeselle Konrad, indem er mit seinem treuen Knappen Georg verkleidet in die Dienste Stabinger's getreten ist. Marie selbst bemitleidet den sie bestürmenden Grafen, dem sie ihre Liebe nicht schenken kann, da der schlichte Konrad ihr Herz gewonnen hat. Um die Mystification fortzusetzen, spielt der Letztere, innerlich triumphirend, daß die Geliebte seinetwegen Stand und Würden verschmäht, äußerlich den Eifersüchtigen. Der alte Waffenschmied aber will weder von einem Grafen noch von seinem Gesellen Konrad, obwohl derselbe sein Kind aus Lebensgefahr gerettet hat, als Schwiegersohn etwas wissen; der erstere ist ihm zu vornehm, der letztere ein zu unbrauchbarer Handwerker. Da es aber gilt, Marie durch Verheirathung außer Verfolgung zu setzen, so entscheidet er sich für den anderen Gesellen Georg, welcher den Antrag, seines Herrn wegen, mit Entsetzen aufnimmt und vergebens abzuweisen sucht. Da weder Bitten noch Versprechungen Konrad zu seinem Ziele gelangen lassen, so wagt er in seiner gräflichen Eigenschaft mit seinen Reisigen zum Schein einen Ueberfall auf Stabinger's Haus. Im Bürgertrotz will nun der alte Waffenschmied erst recht nichts von dem ungestümen adlichen Bewerber wissen und um demselben ein Schnippchen zu schlagen, vereinigt er schnell entschlossen seine Tochter mit dem von ihr längst gewählten Schmiedegesellen Konrad. Groß ist allerdings sein Erstaunen, als er aus dem schlichten Gesellen den vornehmen Grafen sich entpuppen sieht, allein er fügt sich in das Unvermeidliche und giebt dem jungen Paar seinen Segen.

Einführung in die Oper.

Seinem Kunstwerthe nach ist „der Waffenschmied" nicht die hervorragendste von Lortzing's Opern, allein neben „Czar und Zimmermann" hat sich dieses Werk als unverwüstliches Repertoirstück bis heute in unverminderter Beliebtheit erhalten und darf also mit zu den Schöpfungen der Volksbühne gerechnet werden, in denen es der Componist mit Glück versucht hat, die komische Oper als Dichter und Musiker dem Volke näher zu rücken. Ein solches Verdienst, welches in der Geschichte der deutschen Oper in diesem Jahrhunderte vereinzelt dasteht, soll und wird nicht übersehen, darf nicht geringschätzig bemerkt werden. Lortzing selbst bezeichnete einmal den Sprung von Mozart's „Figaro" zu seinem „Czar und Zimmermann" als eine Kluft, die es nicht erlaube, beide Werke neben einander zu nennen. Aber wir thuen dies und fügen den „Waffenschmied" hinzu, da in der That kein anderer Meister sonst diese Kluft überbrückt.

„Der Waffenschmied" ist in einer Zeit schweren Kummers und banger Sorge für den Componisten, zu Anfange des Jahres 1846 in Leipzig, entstanden, wie allerdings nicht die sorglosen, heiteren und jovialen Melodien und Klänge der Oper verrathen, die zum Theil Gemeingut des deutschen Volkes geworden sind, wohl aber die Biographie Lortzing's. Das Werk selbst gelangte im Mai 1846 im Theater an der Wien, an dem sein Schöpfer mittlerweile Kapellmeister geworden war, zur ersten Aufführung und gefiel, ein Erfolg, als dessen Ursache man hauptsächlich den unübertrefflichen Staudig'l

anſah, welcher der wahre Prototyp der Titelrolle war.
Anderwärts waren es aber doch vorwiegend der gemüth=
liche Stoff und die friſche Muſik mit ihrer derben Komik,
fern von der vornehmeren Ironie, mit ihrer ſittlichen
Unverdorbenheit, fern vom pikanten Salontone, welche
zündeten und das Werk unter die Lieblinge des Volkes
verſetzten. Aber nicht bloß das Volk hat ſich an dieſen
Weiſen erbaut und ſittlich geſtärkt, auch die wahren Kenner
haben ſie zu ſchätzen und zu würdigen gewußt, gegenüber
den Tonkünſtlern, die noch heute mit Geringſchätzung auf
den armen Lortzing herabblicken, den ſie weder erreicht,
noch viel weniger übertroffen haben. So heißt es von
Meyerbeer, daß er auf der Durchreiſe nach Ems in
Frankfurt a. M. Anfangs Juni 1863 der Aufführung
des „Waffenſchmied“ beigewohnt und ſeine Freude über
die friſche, harmloſe Muſik, ſowie über die gelungene
Darſtellung in herzlicher Weiſe ausgeſprochen habe. Eben=
ſo ſchrieb Vincenz Lachner ſehr richtig: „Mit Lortzing
verſchwindet der einzige deutſche Componiſt der Gegen=
wart, der ſich der komiſchen Oper, im eigentlichen Sinn
des Wortes, mit Erfolg zuwendete. Vereinzelte Erſchei=
nungen ausgenommen, die im Laufe der Zeit wieder ver=
ſchwunden ſind“ (wir rechnen zu dieſen Otto Nicolai mit
ſeinen ſo Großes verſprechenden „luſtigen Weibern von
Windſor“) „hat kein deutſcher Componiſt ſeit Ditters=
dorf (1739—1799) qualitativ und quantitativ in der
komiſchen Oper ſo viel geleiſtet, als Lortzing; des=
wegen ſteht er in dieſer Beziehung auch un=
vergleichbar da.“ Es unterliegt keinem Zweifel, daß
Lortzing auch mit ſeinem „Waffenſchmied“ Erfolgreicheres
gelungen iſt, als allen ihn belächelnden Künſtlern, da
mit dieſer einen Oper allein er dem eigentlichen und
großen Theaterpublikum, für das auch Mozart und
Weber geſchrieben haben, genußreichere Stunden berei=
tete, als jene mit ihren Arbeiten zuſammengenommen.
Denn auch im „Waffenſchmied“ befindet ſich ächter, herz=
licher und dabei anſtändiger Humor, Lebendigkeit und
Beweglichkeit, große Bühnenwirkſamkeit, eine kernige,
kräftige Charakterzeichnung und vor Allem Melodie, ſchöne,
oft edle, faßliche und darum populäre Melodie. Von
einem Hintergrunde der ein Stück harmloſen Bürgerlebens

im Mittelalter bietet, heben sich diese Vorzüge ab und
bieten eine unverdorbene, weder von Wagner'schen noch
von Offenbach'schen Raffinements durchwürzte Kost. Wie
bei C. M. v. Weber und in noch gesteigerter Weise ist
auch in diese Oper das Volkslied mit Glück eingeführt
(Nr. 2, 3, 9, 11 und besonders 13). Bei allem zu Tage
tretenden Mangel an technischem Geschick, an Gewandtheit
in thematischer Arbeit, Imitationen und contrapunctischen
Combinationen findet man doch auch in diesem, der un=
geheucheltsten Empfindung entflossenen Werke Ensemble=
stücke, wie wir sie bei unseren nasenrümpfenden künstle=
rischen Zeitgenossen vergebens gleich werthvoll und wirk=
sam suchen (Nr. 1, 4, 6, 10, 12). Gerade in dem Reich=
thum gut gearbeiteter und immer wohlklingender Ensemble=
stücke zeichnet sich Lortzing vor allen anderen Componisten
ar⁵ gleichem Gebiete aus. Diese Gattung von Musik=
stücken complicirterer Form und das vorhin erwähnte Lied,
das er so häufig und mit guter Absicht verwendet, bilden
den hauptsächlichsten Anziehungspunkt auch dieser Oper
vor allen anderen Bestrebungen. Die Form der großen
Arie, welche man in den Lortzing'schen Opern bis zur
„Undine" hin (im Interesse des Liedes oder ihrer wirk=
lichen technischen Schwierigkeit wegen) vernachlässigt findet,
hat im „Waffenschmied" einmal eine schöne Verwendung
gefunden, nämlich zum Schlusse des ersten Finales (Nr. 4.),
wo Marie von der wirklich poetischen Situation ge=
tragen, sich musikalisch bis zu einer bemerkenswerthen
Höhe emporschwingt. Wer wollte überhaupt verkennen,
daß auch dieses Mädchenbild ein grunddeutsches ist, so
gut wie die Agathe, Euryanthe und das Aennchen C. M.
v. Weber's? Eine gleiche oder ähnliche objektiv=treue und
ausgeprägte Charakteristik der einzelnen Personen im
Besonderen, sowie der Zeit und der Handlung im All=
gemeinen läßt sich auch an fast allen übrigen Musikstücken
nachweisen. Gar köstlich, ja meisterlich ist der Titelheld
gezeichnet, der immer seine Bürgerwürde behält, ohne zum
Gecken herabzusinken, während die mit Recht bei ihm
gesparten drastischeren Tonfarben voll und uneingeschränkt
dem schwäbischen Ritter Adelhof zu Gute kommen.
Ein wie ergötzliches Bild der Naivetät und rein natür=
licher Schlauheit bietet der Naturbursche Georg, und

wie entsprechend ihrer Art bewegt sich die alte, sitzen
gebliebene Jungfer Irmentraut! Selbst von der In=
strumentation, so wenig der Componist von einer Indi=
vidualisirung der einzelnen Orchesterstimmen und ihrer
Zusammenführung zu einer Totalität wußte, kann in
Bezug auf Correktheit und Unbefangenheit nur Gutes
gesagt werden. — Um alle Vorzüge, die auch den „Waffen=
schmied“ in der Geschichte deutscher Kunst erwähnenswerth
gemacht haben, zusammenzufassen und seines Componisten
Stellung im Musikgebiete kurz zu bezeichnen, darf be=
hauptet werden, daß Lortzing die volksthümliche Grund=
lage, von welcher er in seinen „beiden Schützen“, sowie
im „Czar und Zimmermann“ ausgegangen war, in Gehalt
und Form zu einer nicht abzuleugnenden Kunstvollendung
für seine Zeit gebracht hat, und wie sehr seine bewußten
oder unbewußten Prinzipien Nachwirkung ausgeübt haben,
davon legen die fast 25 Jahre später erschienenen „Meister=
singer“ Wagner's Zeugniß ab. Das Verhältniß gerade
dieser Oper der Gegenwart zu dem „Waffenschmied“
bietet eine Reihe interessanter Vergleichungsmomente, auf
welche näher einzugehen, sich wohl verlohnen würde.

H. M.

Erster Akt.

(Stadinger's Schmiedewerkstätte.)

Nr. 1. Introduction.

Chor der Gesellen. Sprühe Flamme, glühe Eisen,
    Daß des Hammers Allgewalt
    Unter hergebrachten Weisen
    Fügsam mache Dich alsbald.
    Manneskraft rüstig schafft,
    Was des Helden Brust beschützt;
    Bringt uns Ehr', wenn die Wehr',
    Wenn die blanke Waffe blitzt.
    Hammerschlag, Amboßklang,
    Unser Lied und Gesang!

Graf (als Schmiedegeselle gekleidet). Sie liebt mich wahr
                        und innig
    Und doch quält Argwohn mich,
    Daß sie's noch ernstlich meine,
    Wenn Liebe flehend ich
    Im Ritterschmuck erscheine.

Georg (ebenfalls als Geselle, tritt eilig herein). He! Conrad!

Graf. Was giebts?

Georg. 'Ne Neuigkeit: Von hier nicht weit,
    Da hält ein Wagen, ich höre fragen
    Und schau hinein;
    „Wer," denke ich, „wer mag das sein!"

Graf. So sprich: Wer war's?

Georg. Das Fräulein Katzenstein, Eure Braut. —

Graf. Hol' sie der Teufel!

Georg. Sie zwingt am Ende doch Euch noch in's

Graf (auffahrend). Wohlan, es sei beschlossen:
Geendet wird das Spiel.
Bei meinem Barte schwör' ich —
Den habt Ihr abgeschnitten.
Bei meines Stammes Ehre
Und ächtem Rittersinn:
Morgen um diese Stunde
Weiß ich, woran ich bin.

Ein Geselle. So redet doch nur leiser;
Ihr wißt ja, daß der Meister
Da drinnen jetzt studirt
Und Medicin tractirt.

Georg. 's wär Verbrechen, ihn zu stören;
Keinen Laut mehr soll er hören.
Gehet leise an die Arbeit,
Auf daß uns kein Vorwurf trifft.

Chor. Gehet leise rc.
Sprühe Flamme, glühe Eisen, rc.

Stadinger (von der Seite kommend). Bringt eilig Hut
und Mantel mir,
Ich muß das Haus verlassen;
Darum, Georg, befehl' ich Dir,
Genau mir aufzupassen,
Daß der Herr Ritter nicht etwa —
(Wie's öftermalen schon geschah)
Wagt, zu verliebten Streichen
Sich in das Haus zu schleichen.
Du treibst ihn fort; wenn er sich wehrt,
So jagst Du ihn mit Lanz' und Schwert. —
Nun muß ich geh'n, denn in der Näh'
Hab' ich Patienten liegen;
Des Nachbar's Sattelpferd ist krank
Und seine beide Ziegen.
Ich bin der Einz'ge in der Stadt,
Zu dem das Vieh Vertrauen hat.
Drum ruh' und raste ich auch nicht
In der Erfüllung meiner Pflicht. —
Tret' ich vor's Haus, ich will nur reden
Von dem, was täglich mir passirt,
So treff ich einen Quadrupeden,
Den meine Mitleidschaft bewegt

Ich flößte jedem, groß und klein,
Nebst Medizin auch Achtung ein —
Und alle, wo sie mich erblicken,
Sie möchten mich an's Herze drücken;
Denn jegliche Physiognomie
Spricht: „Du gehörst für's liebe Vieh!" (Eine
                       Glocke schlägt.)

Chor. Horch! Die Feierglocke schlägt,
     Hinaus, hinaus in's Freie!

Stadinger. Halt! nicht gleich so aufgeregt!
     Hört, dann sich jeder freue:
     Morgen ist der wicht'ge Tag,
     Wo vor 25 Jahren
     Große Ehre ich erfahren,
     Man zum Meister mich creiret;
     Darum werd', wie sich's gebühret,
     Ich ein Fest auf Morgen geben —
     Fröhlich mit Gesang und Klang.

Chor. Unser Meister, er soll leben
     Noch viele Jahre lang!

Stadinger. Jetzt zur Sache, denn für Morgen
     Ist noch Manches zu besorgen.

(Zu Jedem einzeln.) Du gehst sogleich hier nebenan,
     Den Nachbar einzuladen;
     Du bitt'st den Vetter Schneider mir
     Auf Wein und süßen Fladen;
     Du ladest mir den Richter ein
     Auf Käse, Brod und Butter;
     Du bittest den Gerichtsvoigt her
     Mit seiner Schwiegermutter.
     Die andern Gäste, groß und klein,
     Lud' ich schon alle selber ein.
     Es kommt ein ganzer Haufen
     Zum Essen und zum — Trinken;
     Und alle, alle, alle, alle sollen fröhlich sein.

Chor. Ja, groß und klein laden wir ein;
     Zum Tanzen, zum Singen,
     Zum Jubeln, zum Springen!
     Das soll ein Tag der Freude sein!
                     (Stadinger und Chor ab.)

Dialog.

Nr. 2. Arie.

eorg. Man wird ja einmal nur geboren,
Darum genieße Jedermann
Das Leben, eh' es noch verloren,
So viel als er nur immer kann.
Doch muß man, wahrhaft froh zu leben,
Sich mit Verstand der Luſt ergeben.
Ich hab' den Wahlſpruch mir geſtellt:
Man lebt nur einmal in der Welt!
Der keuſche Joſeph in der Bibel —
(Ich führ' ihn nur als Beiſpiel an)
Er war von Ausſeh'n gar nicht übel
Und ein gar tugendhafter Mann;
Doch ſeine Keuſchheit ganz alleine
Hätt' nimmer ihn mit Ruhm bedeckt —
Die Schlauheit half ihm auf die Beine!
Drum hab' ich vor dem Mann Reſpekt.
Er lebt' in Freuden; von allen Seiten
Ward Gold und Weihrauch ihm geſtreut.
Er war geſcheidt!
Man wird ja einmal nur geboren ꝛc.

Man hat ſchon in den früh'ſten Tagen
Durch Liſt und Schlauheit viel erreicht;
Wenn auch die Leute immer ſagen:
Den Dummen ſei das Glück geneigt.
Die Dummheit bietet ſelten Zinſen,
Sonſt leiſtete ja Eſau nicht
Für eine Schüſſel dicker Linſen
Auf ſeine Erſtgeburt Verzicht.
Viel Leute leben ohne Sorgen —
Gerad' nur in den Tag hinein;
Ich will genießen, jedoch auch wiſſen,
Warum ich mich der Luſt geweiht.
Darum geſcheidt! Nur ſtets geſcheidt!
Man wird ja einmal nur geboren ꝛc. (Ab.)

Nr. 3. Arie.

Irmentraut. Welt, Du kannst mir nicht gefallen,
Hast Dich förmlich umgekehrt,
Von den heut'gen Männern allen
Ist auch keiner etwas werth.
Ich trete ein mit Schüchternheit,
Doch sie verliert sich mehr und mehr;
Der grobe Mann sieht mich nicht an,
Als ob ich alt und häßlich wär'.
Ich sage ihm, — und sehr gemessen, —
Was man hier Sehenswerthes nennt;
Er dankt mir nicht, läuft wie besessen
Zur Thür, als ob der Kopf ihm brennt.
O holde Schwestern, Ihr,
Die Ihr Gefühl, gleich mir,
Heißt das nun Achtung, sprecht,
Vor'm zarteren Geschlecht?
Welt, Du kannst mir nicht gefallen rc.

In früheren Zeiten
Naht' man bescheiden
Stets einer zarten Jungfrau sich,
Und man war selig, entspann allmählich
Sich ein Gespräch fein sittiglich.
Man sprach vom Wetter, von theuren Zeiten
Und nach und nach, jedoch ganz fein,
Wußt' man gar zart vorzubereiten
Von Lieb' ein winzig Wörtelein.
Man reichte abgewandt
Dem Flehenden die Hand;
Er drückte, küßte sie,
Sank vor uns auf das Knie,
Und dann — und dann — (verschämt)
Welt, Du kannst mir nicht gefallen rc.

Nr. 4. Finale.

Graf (als Ritter gekleidet). Bei nächt'gem Dunkel schleich'
ich herein.
Dank holdes Mädchen, Du harrest mein!

Was darf ich hoffen, was fürchten, sprich:
Schlägt, Heißgeliebte, Dein Herz für mich?
(Ich weiß vor Angst kein Wort zu sagen,
Ich zitt're wie ein Espenlaub.)

raf. Du schweigst?

rmentraut (zum Grafen). Nur stille, ich will fragen!
So sprich doch, Kind, bist Du denn taub?

Marie (tief knixend). Herr Graf —

rmentraut. Nicht gar so unterthänig.

Graf. Ein süßes Wort der Liebe nur.

rmentraut. Es kommt, sie ziert sich noch ein wenig,
Das liegt in unserer Natur.

Marie. Ich weiß vor Zagen kein Wort zu sagen,
Wenn auch sein Mund mir Treue schwört.
Soll ich bekennen, den Namen nennen
Des Theuren, dem mein Herz gehört.

Graf. Sie weiß vor Zagen kein Wort zu sagen,
Ob auch mein Mund ihr Treue schwört.
Möcht' sie bekennen, den Namen nennen
Des Theuren, dem ihr Herz gehört!

Irmentraut. Sie weiß vor Zagen kein Wort zu sagen,
Ob auch sein Mund ihr Treue schwört;
Nur frisch bekennen, den Namen nennen
Des Theuren, dem Dein Herz gehört.

Irmentraut. 's wird rascher Euch vom Munde fließen,
Wenn Ihr allein —

Marie (hastig). Nein, Du bleibst da.

Irmentraut. Ich will Oel nur auf die Lampe gießen.

Marie. Ich schreie: Feuer!

Irmentraut. Ja doch, ja.

Graf. Ihr bleibt.

Irmentraut. Ja doch, ich will nicht weichen.

Graf. Marie, theures Mädchen, sprich
Und ende dieses lange Schweigen!

Irmentraut (zu Marie). Seid doch nicht gar so zimperlich.

Marie (zu Irmentraut). Sag' ihm —

Irmentraut. Was denn?

Marie. Er soll gewähren
Ein Zeichen seiner Liebe mir — (Irmentraut
eilt zum Grafen.)

Bleib doch!

Irmentraut (zum Grafen). Sie will sich mir erklären.
Graf. Im Ernst.
Irmentraut. Ich stehe gut dafür.
Marie (zu Irmentraut). Hör' doch, will er mir das g
                              währen,
      So soll er mich verlassen, gleich.
Irmentraut. Wie?
Graf. Nun?
Irmentraut. Sie ist noch beim Erklären,
      Bald ist sie fertig; freuet Euch!
Graf. (Mein Argwohn schwindet!
      Dies Schweigen kündet,
      Daß sie nur Einen, Einen liebt.)
Marie. Ich weiß vor Zagen ꝛc.
Irmentraut. Sie weiß vor Zagen ꝛc.
Graf. Sie weiß vor Zagen ꝛc.
Marie (laut und zögernd). Herr Graf, ich muß Euch fr
                            gestehen —
Irmentraut. Nun kommt's. Nur dreist und unverzag
Marie. Ich darf Euch ferner nicht mehr sehen —
      Mein Herz — mein Herz ist schon versag
Irmentraut. Kind, bist Du toll, was fällt Dir ein?
Graf. Willst Du mich der Verzweiflung weih'n
      Du läßt mich kalt von hinnen scheiden,
      Mißtraust der Treue Schwur!
      O gönne mir als Trost im Leiden
      Den Schein der Hoffnung nur.
      Verschmähst Du, weil ich vornehm bin,
      Nur meines Herzens Triebe?
      Gern geb' ich Glanz und Reichthu
      Für Dich, für Deine Liebe. [hin
Georg (eilig eintretend). Der Meister!
Marie. Der Vater!
Irmentraut. Der Meister!
Georg. Daß ihn der Teufel hol'!
Marie u. Irmentraut. Entfernt Euch! Entfernt Euch!
Graf. Das letzte Lebewohl! (Marie reicht ihm die
                               Hand.)
Stadinger (noch außen). Alle Teufel! der Ritter!
      He Konrad! Georg! Wo stecken die Schlingel!
                            (Graf schnell ab.)

Georg (mit verstellter Wuth). Reißt aus! reißt aus!
　　　　　　Ich spieße Euch auf!
Chor. 　　　　Was ist gescheh'n, was soll das Schrei'n?
　　　　　　Fangt auf den Dieb! fangt auf! fangt auf!
Stadinger. Hagel und Wetter! Du dummer Tölpel,
　　　　　　Du ließest ja doch den Ritter hinein.
Georg. 　　　Er kam so eben —
Marie u. Irmentraut. Er kam so eben —
Stadinger. Er kam so eben — er kam so eben —
　　　　　　Gesindel, wollt Ihr ruhig sein?
　　　　　　Er ist nicht hinaus —
　　　　　　Durchsucht das Haus — rührt Eure Beine!
　　　　　　Nicht so faul. (Gesellen ab).
Marie. 　　　Ach lieber Vater!
Irmentraut. Hört, lieber Meister!
Stadinger. Still, altes Plappermaul.
Irmentraut (außer sich). Plappermaul!
Stadinger (zu Marie). Du kommst in's Kloster!
Marie. 　　　Ach lieber Vater!
Stadinger (zu Irmentraut). Marsch aus dem Haus!
Irmentraut (gekränkt). Ein altes Plappermaul!
Marie (leise zu Georg). Wo ist der Ritter?
Irmentraut (ebenso). Ist er hinaus?
Georg (ebenso). Zum Fenster.
Marie. 　　　Gott sei Dank!
　　　　　　Nein, er darf nun nicht mehr wagen,
　　　　　　Dieser Pforte kühn zu nah'n.
Irmentraut. Ach, nun wird er nicht mehr wagen,
　　　　　　Dieser Pforte kühn zu nah'n.
　　　　　　Doch er wird sich ohne Zagen
　　　　　　Bald der Pforte wieder nah'n.
Stadinger. 　Ha! er soll es nimmer wagen,
　　　　　　Dieser Pforte kühn zu nah'n! (Die Ge-
　　　　　　　　　　sellen kommen zurück.)
　　　　　　Nichts gefunden?
Gesellen. 　Keine Maus.
Stadinger. Wo ist denn Konrad?
Gesellen. 　Nicht zu Haus.
Georg. 　　　Der liegt schon längst in süßer Ruh.
Stadinger (verwundert). } Er schläft?
Marie u. Gesellen.

Stadinger. Schlafmütze! Du!
Ich will nun auch zur Ruhe gehn,
Um mit dem Früh'sten aufzustehn
Und meinem Hause Ruh' zu schaffen
Vor diesem Liebenauer Grafen.
Gesellen. ⎧ Graf Liebenau? Schau, schau!
Marie. ⎪ O verzeiht nur diesmal noch.
Stadinger. ⎨ Marsch zu Bett!
Irmentraut. ⎪ Plappermaul!
Stadinger. ⎪ Gute Nacht!
Gesellen. ⎩ Gute Nacht! (Alle ab. Nach einiger Zeit
                         tritt Marie wieder auf.)
Marie (an Konrad's Kammer horchend). Er schläft! wir
                    alle sind in Angst und Noth,
Und er kann schlafen, das begreif ich nicht.
Ach er fühlt nicht wie ich, sonst müßt' er
                                        ahnen,
Daß ich ihm nahe bin, daß ich mich sehne,
'Ne gute Nacht aus seinem Mund zu hören.

Er ist so gut, so brav und bieder,
Sein redlich Herz find' man nicht mehr —
Wie er, beglückt mich keiner wieder —
Und wenn's der König selber wär'!
Reichthum allein thut's nicht auf Erden,
Das ist nun einmal weltbekannt;
Mit Konrad kann ich glücklich werden,
Er gilt mir mehr als Kron' und Land. —

Wie wär's, wenn ich ihn weckte? gar so gern
Möcht' ich ein süßes Wort mit ihm noch
                                      plaudern.
Konrad! — Konrad! — Du Murmelthier!
                                  (erschrickt).
Wie unvorsichtig! wenn man mich gehört! —
Nein, Gott sei Dank, 's ist alles stumm ge-
                                      blieben.
Ob wohl der Ritter glücklich heimgekehrt?
O schöne Nacht! wie hell die Sternlein
                                    flimmern!
Täusch' ich mich nicht, so stehet dort am Baume
Der Ritter noch, im Mantel eingehüllt.

Ein art'ger Herr ist's freilich, schlank und fein
Und zu beneiden mag die Dame sein,
Die er zu seiner Gattin sich erwählt. —

's mag allerdings nicht übel sein,
Zu wohnen in 'nem schönen Schloß,
Zu sagen: Feld und Wald sind mein
Und mir gehorcht der Diener Troß,
Zu thronen beim Tourniere
In Mitten schöner Frau'n
Und hoch von dem Altane
Voll Huld hinab zu schau'n,
Wie sie die Lanzen brechen
Beim Schalle der Trompeten,
Wie sie sich hauen, stechen,
Bis Einer Sieger ist;
Man winket dann dem Tapfern
Mit wohlgefäll'ger Mien'
Und reicht mit schönen Worten
Den Ehrenkranz ihm hin,
Man spricht — man spricht:
Hier lieber tapfrer Rittersmann,
Sei Euch mein schönster Dank gebracht,
Ich schaut' Euch mit Vergnügen an,
Ihr habt's recht gut gemacht;
Dann zum Bankett, zum reichen Mahl
Im goldnen Saal, beim Kerzenschein!
Das muß 'ne wahre Wonne sein! (Pause).

Was ficht Dich an, Du thöricht Mädchen!
Dein kind'scher Sinn führt Dich zu weit!
Reichthum allein thut's nicht auf Erden,
Das ist doch ziemlich weltbekannt;
Mit Konrad kann ich glücklich wer=
                                     den,
Er gilt mir mehr, als Kron' und
                                     Land.
(Im Abgehen). Schlaf wohl, Du Trauter, Geliebter, Du,
      Dir wünscht Dein Liebchen süße Ruh!
            (Der Vorhang fällt langsam).

Zweiter Akt.

(Zimmer in Stadinger's Wohnung.)

Nr. 5. Duett.

Graf (als Schmiedegeselle gekleidet). Ihr wißt, daß er Euch

                                                                        [liebt?
Marie.   Ja!
Graf.   Daß er verwegen ist —
Marie.   Ja!
Graf.   Daß er Euch auch entführen kann,
Gewaltsam wie durch List.
Marie.   Ja, ja, ja, ja!
Graf.   Darf ich den Ohren trauen!
Marie.   Der Ritter ist ein schöner Mann,
Der Ritter ist ein reicher Mann,
Der Ritter ist ein art'ger Mann,
Den ich vor allen leiden kann —
Denn, wenn ich mit ihm reden thu',
So hört er aufmerksam mir zu
Und liegt nicht da und schläft —
Verstanden? verstanden?
Nun geh', laß mich in Ruh.
So mit Eifersucht sich quälen,
Wär' ein Leben voller Pein.
Lieber niemals sich vermählen,
Lieber alte Jungfer sein.
Graf (für sich) Doch warum die Arme quälen,
Ihr bereiten diese Pein,
Sie wird mir in Wahrheit schmälen,
Mir im Ernste böse sein.
Marie (weinend). So bitter die zu kränken,
Die ihm ihr Herz geweiht,
Graf.   (Allmählich einzulenken
Ist nun bald an der Zeit.)
(Wie gern vergäb' ich ihm,
Bereut' er sein Vergeh'n.)
Graf.   (Ja bald, bald sollst Du mich
Zu Deinen Füßen seh'n.)

arie (aufstehend). Ich glaub', er kommt,
Das dacht' ich mir.

raf (sich nähernd). Es thut mir leid, ging ich zu weit;
Doch Eifersucht kennt keine Schranken.

arie. Er giebt klein bei und muß zuletzt
Für gnäd'ge Strafe sich bedanken.

raf. }Doch warum die Arme quälen 2c.

arie. }So mit Eifersucht sich quälen 2c.

raf. Was sprachst Du mit dem Ritter,
Das Eine sage mir.

arie. Wir sprachen — vom Wetter,
Von diesem und von jenem,
Von ganz gleichgült'gen Dingen,
Wir sprachen auch von Dir.
(D e Hexe, wie sie lügt.)
(Den Stich hat er verstanden,
Er schweigt, drum hoffe ich,
Daß Besserung vorhanden.)
Du sagtest ihm —
Daß ich mein Herz bereits verschenkt
An einen Undankbaren,
Der mich nur quält und kränkt
Und den ich dennoch liebe,
Und wenn er mich auch quält, —
Das hab' ich ihm erzählt.

Graf (feurig). Marie, süßes Leben,
O kannst Du mir vergeben
Ein unbedachtes Wort.
Da liegt er ja, das wußte ich,
Das mußte auch so kommen; —

(pathetisch) Seid wiederum, Herr Waffenschmied,
In Gnaden angenommen.

Graf. Du zürnst nicht mehr?

Marie. Ich denk' nicht dran!

Graf. Du wirst mein Weib?

Marie. Und Du mein Mann!

Graf. Ich bin so arm —

Marie. Bin ich denn reich?

Graf. Dein Vater doch —

Marie. Das bleibt sich gleich.
Und wär' ich noch so hoch gestellt,

2*

Besäß' ich alles Gut der Welt —
Gern gäb' ich Glanz und Reichthu
hin
Für Dich und Deine Liebe!
Graf. (Aha, das ist von mir.)
Marie. Für Dich und Deine Liebe.
Beide (sich umarmend). Wo der Liebe Flammen brenne
Stellt auch Eifersucht sich ein;
Doch soll keine Macht uns trennen,
Keine Zwietracht uns entzwei'n.

Nr. 6. Sextett.

Marie, Irmentraut, Graf, Georg, Stadinger.
Der Mann scheint nicht bei Sinnen,
Er tritt zur Thür hinein
Und will, seltsam Beginnen,
Des Hauses Vormund sein.
Adelhof. Man hält mich hier von Sinnen,
Kaum trete ich hier ein,
Will ich, seltsam Beginnen,
Des Hauses Vormund sein.
Stadinger. Erklärt vor allem mir genau:
Was that hierher Euch führen?
Adelhof. Der Ritter Graf von Liebenau
Will Euer Kind verführen.
Graf. Das ist nicht wahr.
Stadinger. Was weißt denn Du?
Georg (zum Grafen). Schweigt doch.
Marie, Irmentraut. Konrad hat Recht.
Stadinger. Du bist ganz stille und Du auch.
(zu Adelhof) Wer sendet Euch denn, sprecht?
Adelhof. Das, lieber guter Mann,
Geht Euch hier gar nichts an.
Stadinger. Den Teufel auch geht's mich was an.
**Marie, Ir=
mentraut,** Ha, das begreife, wer es kann.
Graf,Georg.
Adelhof. Nun ist ein Bursch in Eurem Haus,
Er soll sich Konrad nennen,

Und lange schon für Euer Kind
In heißer Lieb' entbrennen.

arie, Graf, Georg. O weh!

adinger. Zum Kuckuck, ist das wahr?

elhof. Ja, ja, die Sach' ist richtig.

arie, Graf, Georg (zu Adelhof). Was wißt denn Ihr?

mentraut (zu Stadinger). Er hat ganz recht,
Lest ihr den Text nur tüchtig.

elhof. Sie lieben sich.

mentraut (bestätigend). Sie lieben sich.

tadinger. Vor Wuth möcht' ich ersticken!

elhof, Irmentraut. Sie küssen sich.

tadinger. Und hinter meinem Rücken!
Sehr gut, sehr nett, sehr fein,
Mein sittsam Töchterlein! Doch halt! —
Ich red' ein Wörtchen drein.
Alles im Stillen so nett abgekartet, —
Mordelement! darauf hatt' ich gewartet,
Daraus wird nichts, daraus wird nichts!
Da habe ich einen anderen Plan.

Marie, Graf Laßt Euch bedeuten, laßt Euch bedeuten,
u. Adelhof. Seid nicht so wild, höret uns an.

Irmentraut Was soll das deuten? was soll das deuten?
u. Georg. Er sagt, es gilt einen anderen Plan?

Adelhof. Laßt Euch bewegen, gebt Euren Segen,
Konrad muß ihr Gatte sein.

Marie, Graf Laßt Euch bewegen, gebt Euren Segen,
u. Georg. Lieber (Vater / Meister) willigt ein.

Irmentraut. Gebt meinetwegen Euren Segen,
Er kann doch nicht mein Gatte sein.

Stadinger. Nein, nein, nein, nein, nein, nein,
Ich sage nein für immerdar.

Adelhof (ärgerlich). Ei, so hol' Dich doch der Teufel,
Eigensinn'ger alter Narr!

Stadinger (außer sich). Alter Narr! ein Wormser Bürger!
Mir das in meinem eignen Haus!

Marie, Irmentraut, Graf, Georg. O weh! o weh!
nun ist es aus.

Stadinger (zornig). Er hat die Wahl, nun fliegt Er

	Zum Fenster oder zur Thür hinaus —
	Wo Er will!
Marie, Ir=	Seinen Zorn so heftig zu erregen,
mentraut,	War gefehlt und unbedacht;
Graf,Georg.	Ihn zur Sanftmuth wieder zu bewegen,
	Walte nun der Schlauheit Macht.
	Darum Muth und Vertrauen,
	Ist auch das Ziel noch weit.
	Wahre Lieb' kein Opfer scheut.
Adelhof.	Seinen Zorn so heftig zu erregen,
	Hätt' ich nimmer mir gedacht;
	Ihn zur Sanftmuth wieder zu bewegen,
	Walte nun der Schlauheit Macht.
	Glaubte schon, die Sache wär'
	Gar bald in Richtigkeit —
	Doch vom Ziel bin ich noch weit.
Stadinger.	Meinen Zorn so heftig zu erregen,
	War sehr dumm und unbedacht;
	Mag er sich nun auch auf's Bitten legen
	Alles bleibt, wie ich gesagt.
	Glaubtet wohl, die Sache wär'
	So gleich in Richtigkeit —
	D'raus wird nichts in Ewigkeit.
Adelhof.	Hört mich nur an —
Stadinger.	Ich will nicht, nein.
Adelhof.	Es gilt ja Eures Kindes Glück - -
Marie u. Graf.	Es gilt (mein / ihr) Glück —
Stadinger.	Die Sorg' ist mein!
	Entfernet Euch im Augenblick.
Adelhof.	Ihr seid so grob —
Stadinger.	Nicht so wie Ihr.
Adelhof.	Drum gehe ich.
Stadinger.	Da ist die Thür. In meinem Hause duld' ich nicht,
	Daß man von alten Narren spricht.
	Meinen Zorn ꝛc.
Die Andern,	Seinen Zorn ꝛc. (Alle ab bis auf den Grafen
	und Georg.)

Dialog.

Nr. 7. Duett.

Stadinger. Du bist ein arbeitsamer Mensch,
Bist brav, gesund und derb;
Drum geb' ich meine Tochter Dir
Und später mein Gewerb'.

Georg. Ihr spaßt wohl, Meister!

Stadinger. 's ist mein Ernst, mit so was spaß' ich nicht.
Mein Mädel ist ein gutes Kind,
Hat auch ein nett Gesicht.

Georg. Der Antrag ist sehr ehrenvoll —

Stadinger. Besinn' Dich drum nicht lang.

Georg. (Ich weiß nicht, was ich sagen soll —
Mir wird ganz ernst und bang.)

Stadinger. Greif zu geschwind.

Georg. Ich fürchte mich.

Stadinger. Geh', sei kein Hasenfuß.

Georg. Das ist 'ne Sache, die man sich
Erst überlegen muß.
Das Mädel hat ein hübsch Gesicht,
Drum wär' der Spaß so übel nicht,
Schnappt' ich sie meinem Ritter keck
So gerade vor der Nase weg.
Ja das, das, das wär' ein guter Spaß!

Stadinger. Das Mädel hat ein hübsch Gesicht,
Drum wär' der Spaß so übel nicht,
Schnappt er sie dem Herrn Ritter keck
So gerade vor der Nase weg.
Ja das, das, das wär' ein guter Spaß.

Georg. Es geht nicht, Meister.

Stadinger. Was ist das?

Georg. Ich sag's Euch gerade hin,
Daß ich mich nicht vermählen kann,
Weil ich Leibeigner bin.

Stadinger. Ich kauf Dich los. Wo bist Du her?
(Die hab' ich, die paar Dreier.)

Georg. Ach Gott! das weiß ich gar nicht mehr.

Stadinger. Verflucht! da wird es theuer.
Doch koste es auch was es will,
Ich zahl' die paar Ducaten.

Georg.	(Mir steht der Angstschweiß auf der Stirn.)
(verzweifelt.)	Ich will gar nicht heirathen.
Stadinger.	Du willst nicht?
Georg.	Nein!
Stadinger.	Du mußt!
Georg.	Oho! Nun wird mir's bald zu toll.
Stadinger.	Willst Du, daß meine Wette ich Etwa verlieren soll?
Georg.	Wenn mich das Mädchen nun nicht will —
Stadinger.	Sie muß Dich woll'n, jetzt schweigst Du still.
Georg.	Was will sie denn mit einem Mann, Der ihr nicht einmal sagen kann, Wer seine Eltern sind. Ich bin ein Findelkind; Ich bin auch, glaub' ich, nicht getauft, Das Zeugniß, das man bei mir fand, Ich habe es verloren.
Stadinger.	Am Ende ist der ganze Kerl Noch nicht einmal geboren! Doch das ficht Alles mich nicht an, Genug, Du wirst mein Tochtermann. Das Mädel hat ein hübsch Gesicht zc.
Georg.	Das Mädel hat ein hübsch Gesicht zc.
Stadinger.	Jetzt schweigst Du still, sprichst nicht mehr drein, Du find'st Dich heut beim Feste ein; Dort werde laut, wie sich's gebührt, Deine Verlobung deklarirt.
Georg.	Warum nicht gar.
Stadinger.	Es bleibt dabei! Zum Teufel mit der Ziererei!
Georg.	Ich komm' nicht los, ich armer Mann!
Stadinger.	Was gilt's, er stellt sich nur so an. Ein hübsches Mädchen, ein gut Gewerbe Und in der Hand noch baares Geld, Zu hoffen einst ein volles Erbe, Was giebt es Bess'res auf der Welt? Das kann dem Menschen schon behagen, Und ließe, dächt' ich, sich ertragen; Doch der Verstand wird zu seinem Frommen Ihm schon nachkommen, ihm schon nach=

Er wird mir danken und ein Exempel
Von einem guten Eh'mann sein.

Georg.   Ich weiß mir nicht zu rathen —
Er peinigt mich zu Tod'!

Mein Herr nicht aus der Noth.
Man zwingt in Hymens Tempel
Mich mit Gewalt hinein;
Ich muß doch ein Exempel
Von einem Eh'mann sein!   (Georg ab.)

(Verwandlung: Weinberg.)

Nr. 8. Chor.

Wie herrlich ist's im Grünen
Im traulichen Verein,
Bei Wein und heitern Mienen
Des Lebens sich zu freu'n.

Nr. 9. Lied.

Georg.   1. War einst ein junger Springinsfeld,
Der wollt' auf Reisen geh'n,
Erwerben Ehre, Gut und Geld
Und sich die Welt beseh'n.
Leb' wohl, fein Liebchen, weine nicht!
Bald kehr' ich heim.   Sie aber spricht:
„O geh' nicht in die Welt hinaus,
„Bleib lieber doch bei mir zu Haus,
„Es schadet oft, wenn man auf Reisen geht!"
Chor (repetirt).   „O geh' nicht in die Welt hinaus rc."
Georg.   2. Er ging zur See.   Nach Mexico
Wollt' er für's Erste hin,
Denn dorten giebt es Gold wie Stroh,
:,: Dacht' er in seinem Sinn. :,:
Doch ein Korsarenschiff erscheint,
Das es mit ihm gar übel meint;
Da ruft er in Verzweiflung aus:
Ach, warum bliebst Du nicht zu Haus!
Das kommt davon, wenn man auf Reisen
Chor (repetirt).   Laeht!

Georg. 3. Am End' befreit ein Zufall ihn
Von seinem Mißgeschick;
Er kehrt mit bittersüßer Mien'
In's Vaterland zurück.
Zum Liebchen eilt er froh und keck,
Doch trifft ihn bald der Schlag vor Schreck.
Sie stellt ihm ihren Bräut'gam vor
Und flüstert ihm dabei in's Ohr:
Das kommt davon, wenn man auf Reisen
geht!

Chor (repetirt).

Nr. 10. Finale.

Alle. Welch' ein Geschrei? was ist gescheh'n?
Irmentraut (herbeistürzend). Ach, Hülfe! Hülfe!
Stadinger. Was muß ich seh'n?
Du bist allein! Wo ist mein Kind?
Irmentraut. O eilt zu Hülfe ihr geschwind!
Alle. Marie? was geschah mit ihr?
Irmentraut. Weit weggeführt ward sie von hier,
Geraubt von einer großen Schaar.
Alle. Geraubt! entführt! wie! sprichst Du wahr?
Stadinger (außer sich). Mir das! mir das! ha Höll'
und Teufel,
Das ist der Ritter ohne Zweifel!
Fort, fort, zur Stadt, zum hohen Rath,
Mir mit den Waffen Recht zu schaffen.
Chor. Fort, fort zur Stadt, zum hohen Rath,
Ihm mit den Waffen Recht zu schaffen.
(Marie und Graf kommen.)
Da ist sie!
Stadinger (herzlich). Marie, Kind! mein armes Kind!
(wüthend). Du ungerath'ne Dirne!
Ich dachte gleich: das wird das Ende sein
Von Euren Liebelei'n!
Marie. Was kann denn ich dafür!
Die Männer. Geht, Alter, seid gescheidt.
Marie. Seht meinen Retter hier,
Sein Arm hat mich befreit.
Stadinger u. Chor. Er allein?

Marie. Trotzte kühn der Gefahr.
Graf. Ja, preisen muß ich das Geschick,
Das mich vorbeigeführt.
Um sie zu retten, hätt' mein Leben
Tausendfach ich hingegeben.
Stadinger. Oho!
Marie. O lieber Conrad!
Stadinger (zur Gesellschaft). Ruh! Was sagt Ihr eigent-
lich dazu?

Die Ritterschaft macht sich den Spaß
Und balgt bei hellem Sonnenschein
Sich um mein schönes Töchterlein!
Das ist 'ne schöne Wirthschaft, das!
Hammer und Amboß! ich hab' es satt!
Das giebt 'nen Mordscandal in der Stadt.
(zu Marie). Jetzt sperr' ich Dich in ein Kloster ein —
Das muß Dir aber nicht unange —
Marie und Zornesgluth färbt seine Wangen,
Irmentraut. Doch ich kenne dieses Dräun,
Mit der Morgenröthe Prangen
Wird er andern Sinnes sein.
Nur das Eine thut mir leid,
Daß die heut'ge Lustbarkeit
Sich verwandelte in Streit.

Graf, Georg Zornesgluth färbt seine Wangen,
Doch ich kenne dieses Dräu'n!
Mit der Morgenröthe Prangen
Wird er andern Sinnes sein.
Nur das Eine mich erfreut,
Daß ich nach dem langen Streit
Von der Heirath bin befreit.
Graf. Nur das Eine mich erfreut,
Daß sie voller Zärtlichkeit
Mir auf's Neu' ihr Herz geweiht.
Stadinger. Du erfüllest mein Verlangen,
Schließest Dich in's Kloster ein,
Dann erst kann ich ohne Bangen,
Ohne Furcht und Sorgen sein.
Nur das Eine thut mir leid ꝛc.
Zornesgluth färbt seine Wangen,
Doch wir kennen dieses Dräu'n!

         Mit der Morgenröthe Prangen
         Wird er andern Sinnes sein.
         Nur das Eine thut uns leid 2c.

Stadinger. Doch halt! das geht nicht an —
        Hab' ja 'nen andern Plan,
        Hab' nen Mann für Dich.

Georg.   (Nun kommt die Reih' an mich.)

Stadinger (auf Georg deutend). Hier steht er, den ich
                       meine.

Marie (erschrocken). Georg!

Alle.   Wie! der Georg?

Marie.   Den nehm' in diesem Leben
        Ich nun und nimmermehr.

Georg.   Dies schmeichelt mir gar sehr.

Stadinger. Du willst nicht?

Die Andern. Aber Meister —

Stadinger. Ich bring' das Mädel um! Du willst nicht?

Georg (hervorplatzend). Ich will auch nicht.

Stadinger. Schweig', Kerl, Du bist zu dumm!
(zu Marie). So willst Du zu der Heirath
        Durchaus Dich nicht versteh'n?

Marie.   Ach nein! da will ich lieber
        Zehnmal in's Kloster geh'n.
        Zornesgluth färbt seine Wangen 2c.

Graf, Georg Zornesgluth 2c.

Stadinger.   So erfüllst Du mein Verlangen,
        Marsch in's Kloster und noch heut,
        Da wirst Du doch 'mal gescheidt 2c.

Chor.   Zornesgluth färbt seine Wangen 2c.

Dritter Akt.

(Zimmer wie im 2. Akt.)

Nr. 11. Arie.

Marie (am Spinnrad). Wir armen, armen Mädchen
Sind gar so übel dran;
Ich wollt', ich wär' kein Mädchen,
Ich wollt', ich wär' ein Mann!
Um unsern guten Ruf
Ist's nur zu leicht gescheh'n;
Man kann mit bestem Willen
Nicht Alles vorherseh'n.
Kaum sieht man einen Mann
Nur von der Seite an,
So heißt's mit spött'scher Mien':
„Sie hat ein Aug' auf ihn."
Schuf denn der liebe Gott
Die Männer uns zum Groll —
Daß man sie ausnahmsweis
Nicht einmal anseh'n soll?
Ein Mann kann thun was er will,
Da schweigt der böse Leumund still,
Bei uns, da schreit er laut.
Wir armen, armen Mädchen 2c. 2c.

Geht man am lieben Sonntag
Mit kindlich frommem Sinn
Fein sauber angekleidet
Ehrbar zur Kirche hin
Und hat vielleicht zufällig
Ein Bändchen mehr am Kleid —
Gleich sprechen böse Zungen:
„Sie strotzt von Eitelkeit."
Dann stecken Muhm' und Basen
Zusammen ihre Nasen
Und hecheln dann und keifen:

„Seht nur die vielen Schleifen!
„Die geht auch nicht zu beten
„Heut' in die heil'gen Hallen;
„Es will das eitle Ding
„Den Männern nur gefallen;
„Seht nur wie sie sich bläht,
„Wie sie sich wendet und sich dreht;
„Seht nur, wie sie sich ziert
„Und mit den Augen kokettirt."
Ein Mann kann thun was er will,
Da schweigt der böse Leumund still.
Doch ach —
Wir armen, armen Mädchen
Sind gar so übel dran;
Ich wollt', ich wär' kein Mädchen,
Ich wollt', ich wär' ein Mann,
Ich wollt', ich hätt' 'nen — — ich wär' ein
Mann.

Dialog.

Nr. 12. Ensemble.

Adelhof. Gut, daß ich Euch noch treffe —
— Hu, was bin ich gelaufen —
Man will Euch armen Mann
Verrathen und verkaufen.
Stadinger. Was ist schon wieder los?
Adelhof. Laßt mich nur erst verschnaufen.
Marie (zu Brenner). Der kann uns bitten helfen.
Brenner. Nein, der ist gegen uns
Und diese Heirath
Nun völlig eingenommen.
Marie und Irmentraut. Der Ritter? der Ritter?
Brenner. Es ist, wie ich es sage,
Laßt ihn, ich rath' es Euch,
Ja nicht zu Worte kommen.
Adelhof (zu Stadinger.) Betrog'ner armer Mann,
Ihr geht in eine Falle.
Brenner (zum Grafen.) Wir jagen ihn hinaus,

Denn er verräth uns alle.

Stadinger. Ich wär' in einer Falle?
Was wollt Ihr damit sagen?

Alle (einer nach dem Andern.) Was wollt Ihr damit sagen?

Adelhof. Du guter Alter bist zu blind!
Der Konrad und der Ritter sind —

Die Andern. Hinaus! wir wissen schon —

Adelhof. So laßt mich doch nur reden,
Ich mein' es herzlich gut.

Stadinger. So laßt ihn doch nur reden —
Er sagt, er meint es gut.

Georg, Brenner, (Ihrer) Liebe droht Gefahr, wenn er
Marie u. Graf. (Unsrer) spricht.

Stadinger. (Diesen Handel, ich begreife ihn nicht.

Graf (nimmt Adelhof bei Seite.) Verrathet, Waffenbruder,
Verrathet mich nicht.

Adelhof (geschmeichelt.) Wie Ihr, wie könnt' Ihr glauben,
Ich kenne Ritterpflicht!

Brenner (zu Stadinger.) Der Mann hat eine Wuth
Sich in das Haus zu drängen.

Stadinger (auf die Stirn zeigend.) Dem Manne fehlt es
hier,
Drauf' lasse ich mich hängen.
(zu Adelhof.) Was werb' ich nun vernehmen?
Wollt endlich Euch bequemen.
„Der Ritter und der Konrad sind —?"

Adelhof (in Verlegenheit.) Sind —

Marie, Irmentraut, Graf, Georg, Brenner. Schweigt!

Stadinger. Ruhe!

Adelhof. Sind — — beide ein paar Männer. (Alle
lachen.)

Stadinger. Fürwahr, Ihr seid ein Kenner!
Ich hätte nimmermehr gedacht
Daß Ihr es schon so weit gebracht
In der Naturgeschichte.

Marie, Irmentraut, (Was ficht den dicken Mann
Brenner. (Wohl nur so plötzlich an?

Graf, Georg. (Nun ist der arme Mann
(Auf's Neue übel dran.

Stadinger. Also ich bin in einer Falle?

Adelhof (ärgerlich.) Hol' Euch der Teufel alle!
Ich finde mich in Eure Kniffe
Nicht hinein, und bin es endlich müd'
Der Narre hier zu sein!
Marie, Irmentraut. Ich kann mir dies Betragen nicht
erklären, nein:
Der arme Mann kann bei Verstand
nimmer sein.
Graf, Georg, Brenner Man kann sich dies Betragen 2c.
Stadinger (geheimnißvoll.) Bei dem Manne —
Glaubet mir — spukt es hier.
Marie, Graf. O nahte bald der Augenblick,
Wo uns der Liebe süßes Glück.
Dem uns're Herzen sich geweiht,
Von allem läst'gen Zwang befreit.
Irmentraut. O schön muß sein der Augenblick,
Wenn uns der Liebe süßes Glück 2c.
Georg. O nahte bald der Augenblick,
Wo mich des Frohsinns süßes Glück,
Dem ich mein Leben hab' geweiht,
Von allem läst'gen Zwang befreit.
Brenner. Reiste doch auf gutes Glück
Er nach Schwabenland zurück;
Dann wären wir auf lange Zeit
Von seiner Gegenwart befreit.
Adelhof. Ich glaub', es wär' für mich ein Glück,
Kehrt' ich nach Schwaben schnell zurück;
Ich wäre dann auf lange Zeit
Von allem läst'gen Zwang befreit.
Stadinger. Es wäre für mein Haus ein Glück,
Kehrt er nach Schwaben gleich zurück:
Ich wäre dann auf lange Zeit
Von seiner Gegenwart befreit. (Adelhof und
Georg ab.)

Dialog.

Nr. 13 Lied.

Stadinger. 1. Auch ich war ein Jüngling mit lockigem
Haar,
An Muth wie an Hoffnungen reich;
Bei'm Amboß von jeher ein Meister, fürwahr,
Im Fleiße kam keiner mir gleich.
Ich liebte den Frohsinn, den Tanz, den Gesang,
Ich küßte mein Dirnlein mit rosiger Wang —
Ihr Herz hat mir Manche geweiht,
Das war eine köstliche Zeit!

2. Vor älteren Zeiten sich vieles begab,
Was heut' uns noch würde erfreu'n;
Es regnete Manna vom Himmel herab
Und unverfälscht trank man den Wein.
Zu Kanaan füllten im Hochzeitssaal
Die Krüge von selber sich allzumal,
Für durstige Kehlen bereit!
Das war eine köstliche Zeit!

3. Wenn ehedem irgend ein Ritter gewagt
Das Volk gar so hart zu bedroh'n,
Da wurde nicht lang prozessirt und geklagt,
Man sprach aus 'nem andern Ton:
Denn wurden der Kummer und Jammer zu
laut,
So wehrte man sich mit dem Schwert seiner
Haut,
Es wurde barbarisch gebläut!
Das war eine köstliche Zeit!

4. Wenn jeder erglühte für Wahrheit und Recht,
Wenn Hader und Zwietracht nicht wär',
Wenn treu alle Frauen, der Wein immer
ächt,
Wenn Herzen und Beutel nie leer,
Wenn jeder bereit wär' mit tapferer Hand
Zu fechten in Noth für das Vaterland,
In Sachen des Glaubens kein Streit —
Das wär' eine köstliche Zeit!

(Verwandlung: Großer Hof vor Stadinger's Hause.)

Nr. 14. Großer Marsch und Schlußgesang.

Graf.   Gern geb' ich Glanz und Reichthum
                                              hin
             Für Dich, für Deine Liebe.
Marie.   Gern gäb' er Glanz und Reichthum hin
             Für mich, für meine Liebe.
Chor u. die Gern gäb' er Glanz und Reichthum hin
Uebrigen.   Für Dich und Deine Liebe.

Ende der Oper.